竹取物語

文　江國香織
画　立原位貫

Text Ekuni Kaori
Art Work Tachihara Inuki
Shinchosha

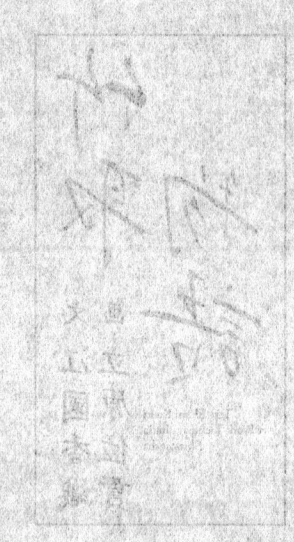

目次

絵巻

竹取物語

立原位貫

今は昔、竹取の翁《おきな》といふものありけり。
野山にまじりて竹を取りつつ、よろづのことに使ひけり。

その竹の中に、本《もと》光る竹なむ一筋《ひとすぢ》ありける。
あやしがりて、寄りて見るに、筒《つつ》の中光りたり。

その中に、なほ言ひけるは、
色好みといはるるかぎり五人、
思ひやむ時なく、夜昼来けり。

「庫持《くらもち》の皇子《みこ》は、優《う》曇《どん》華《ぐゑ》の花持ちて、上《のぼ》り給へり」
このしりけり。これをかぐや姫聞きて、
「われは、この皇子に負けぬべし」と、胸つぶれて思ひけり。

火の中にうちくべて焼かせ給ふに、
めらめらと焼けぬ。
「さればこそ。異物《ここもの》の皮なりけり」

「風吹き浪《なみ》激しけれども、
雷《かみ》さへ頂《いただき》に落ちかかるやうなるは、
龍《たつ》を殺さむと求め給へば、あるなり。
疾風《はやて》も龍《りう》の吹かするなり。はや神に祈り給へ」

殿より使《つかひ》ひまなくたまはせて、
「子安の貝、取りたるか」と問はせ給ふ。
燕《つばくらめ》も、人のあまた上《のぼ》りゐたるに怖《お》ぢて、
巣にも上り来ず。

御《み》輿《こし》を寄せ給ふに、このかぐや姫、きと影になりぬ。
「はかなく口惜し」と思《おぼ》して、
「げにただ人にはあらざりけり」

春のはじめより、かぐや姫、
月のおもしろう出でたるを見て、
常よりももの思ひたるさまなり。

「かばかり守る所に、天の人にも負けむや」
と言ひて、屋《や》の上にをる人々にいはく、
「つゆも、物、空に翔らば、ふと射殺し給へ」

ふと天の羽衣うち着せたてまつれば、
翁《おきな》を「いとほし、かなし」と思《おぼ》しつることも失《う》せぬ。
この衣《きぬ》着つる人は、もの思ひなくなりにければ、
車に乗りて、百人ばかり天人具《ぐ》して、昇りぬ。

逢ふこともなみだに浮かぶわが身には
死なぬ薬もなににかはせむ

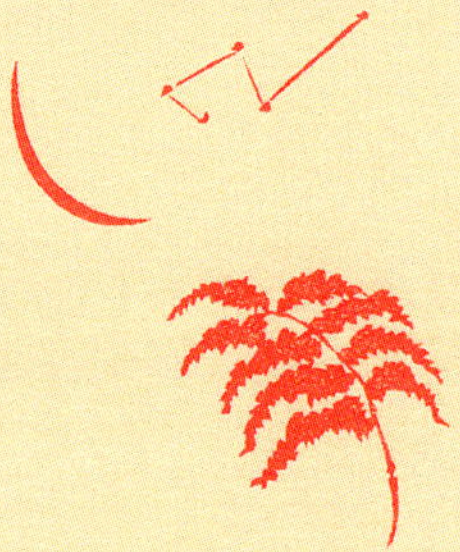

物語

竹取物語

江國香織

一　生い立ち

かつて、竹取の翁《おきな》と呼ばれている男がいました。野や山に分け入っては竹を取ってきて、様々に細工をして生計をたてていました。名は、さかきの造《みやつこ》といいます。ある日彼は、根元から光を放っている竹を一本、見つけました。いったい何だ、と思って近づいてみると、筒の内側が光っているのでした。切ってみました。すると、十センチにも満たない小さな人が、じつにかわいらしい様子で光のなかにすわっているのでした。翁は言いました。

「俺が朝に晩に見ている竹、俺が籠《こ》にする竹のなかにいらっしゃるということは、うん、断言してもいいが、うちの子になるべき方にちがいない」

そこで、この小さな人を手のなかに入れ、家へ持ち帰り、妻にあずけて育てさせることにしました。美しすぎる生き物でした。とても小さいので、どうしていいかわからず、カゴに入れて育てたということです。

竹取の翁は竹取ですから竹を取るのですが、この子を見つけてからとい

うもの、節と節のあいだの空洞に、黄金《こがね》のつまった竹を見つけることが、たびたびありました。こうして、翁はどんどん豊かになりました。

また、この子供はどんどん大きくなる子供で、三カ月もするとちょうどいい大きさの人間になりましたので、十二、三歳になれば女の子がみんなするように、髪を結い上げさせ、裳《も》を着せてやりました。絹の囲いからさえださず、大事に大事に育てたのでした。この子の美しさといったらこの世のものとも思えないほどで、家のなかは暗いところがすこしもないくらい、光が満ちあふれたそうです。翁は、気の塞《ふさ》ぐときにもつらいときにも、この子を見れば気持ちが晴れ、腹立たしいことがあってもなぐさめられて、落ち着くのでした。

黄金のつまった竹をながいこと取り続けた翁は、いまや向うところ敵なしの長者です。この子がじゅうぶん大きくなったので、京都の御室戸《みむろど》というところから、祭事を司《つかさど》る斎部《いんべ》の秋田という人を呼んで、名前をつけてもらいました。秋田は、なよ竹のかぐや姫、と名をつけてくれました。翁は、祝いに三日酒宴を張り、歌ったり舞ったり、大いにたのしんだことでした。男であれば誰彼なく招待し、それはもう、尋常ではないたのしみようだったそうです。

二　求婚

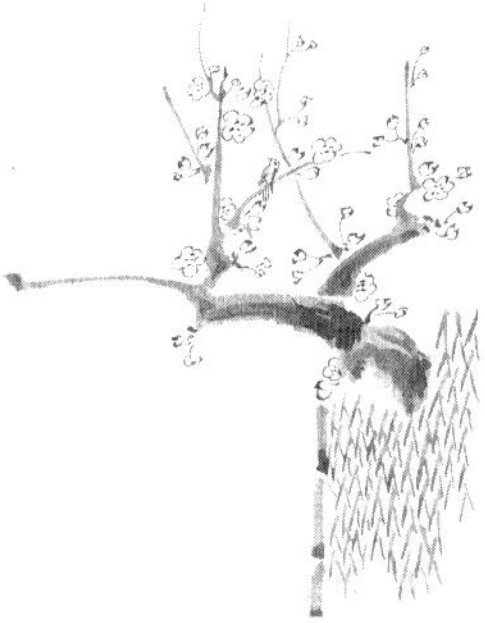

世の中の男たちは、金持ちも貧乏人も、なんとかしてこのかぐや姫をものにしよう、一目見てやろう、と、彼女の噂《うわさ》を耳にしては心を乱していました。奥床しいのか、姫は家の人たちにさえ姿をなかなか見せないのですが、その辺の垣根にも家の戸口にも、夜だというのに眠りもせずに、真暗ななかで塀に穴をあけてのぞき見する人々があとをたちません。このときから求婚を「夜這《よば》い」というようになったのでしょう。

そんなばかなところからのぞいても、いいことは何も起こりません。使用人たちに何か言葉をかけてみても、相手にしてさえもらえないのです。それでも、その場を離れ難い貴族たちが、そこでたくさん寝起きしています。情熱のたりない男は、「こんなことをしていても、つまらん」と言って、来なくなったようですが。

そんななかで、依然として言い寄ったのは、「色好み」といわれている五人でした。思いをつのらせ、夜となく昼となくやってきたその五人の男の名は、石作《いしつくり》の皇子《みこ》、庫持《くらもち》の皇子《みこ》、右大臣阿部御主人《あべのみうし》、大納言大伴御行《おおとものみゆき》、中納言石上麻呂足《いそのかみのまろたり》、です。

世の中にいくらでもいる程度の女でさえ、すこしでもきれいだと聞けば会いたがる人々でしたから、かぐや姫を一目見たくて食べ物も喉を通らず、姫の家に行ってうろうろ歩いては立ちどまり、けれどいっこうに埒《らち》があかないのでした。手紙を書いても返事はこない。思いの苦しさを歌に詠《よ》んでおくっても、むなしいばかりです。それでも真冬の雨や雪も、真夏の日ざしや雷もものともせず、通い続けて来るのでした。

彼らはときどき竹取の翁《おきな》を呼びだして、「お嬢さんを私に下さい」とひれ伏して頼み、もみ手までなさったのでしたが、「実の娘ではなくて、私の思うようにはできないのです」と翁は言い、うやむやにしていました。そんなふうでしたから、五人は家に帰って物思いに沈み、思いを断ち切れるよう祈ったり願ったりしました。けれどここまでつのった思いが断ち切れるはずもありません。「ああは言っても、永遠にひとり身でいさせるつもりではないはずだ」そう考えて、望みをつなぎます。で、わざとらしくまたうろうろ歩いては、気持ちを汲んでもらおうとするのでした。

見かねて、翁はかぐや姫に言いました。

「大切な、かわいい娘、あなたはもともと人間ではない方かもしれないが、こんなに大きくなられるまでお育てした私にめんじて、この翁の言うことを聞いてはくれないかね」

　するとかぐや姫は、

「どんなことでも、おっしゃるとおりにします。自分がふつうの人間じゃないなんてちっとも知らなくて、あなたを親だとばかり思っておりますから」

　と、言います。

「嬉しいことをおっしゃるじゃないか」

　と、翁。

「この翁も、もう随分な歳になりました。いつ果てるともわからない命です。この世では、男は女に添い、女は男に添い、夫婦となるものです。そうなってこそ、一族も繁栄し、家が栄えるのですから。そうなさらないでいいはずがありません」

「いったいなぜそんなことをするんだか」

　かぐや姫が言えば、

「人間ではない方だとはいえ、あなたは女の体をお持ちです。私の生きているあいだはひとり身でもかまわないでしょうが、ああいった男性たちが、ながい年月にわたってこうしてお越しになっては申し込んで下さることをよくよく考えて、どなたかお一人に添われてはどうです」

　と、翁が言います。

「私はたいして美しくもありませんから、相手の愛情の深さもわからないまま一緒になって、浮気をされたらきっと後悔する。それが心配なんです。いくら身分の尊い方たちでも、愛情の深さをたしかめなくては、夫婦にはなれないと思うのです」

「そうくると思ってましたよ。でも、そもそもどういう愛情を持つ人に添われようとお思いなんですか。みなさんあんなになみなみならぬ愛情をお持ちではないですか」

「愛情の深さを比べようとは申しません。ちょっとしたことなんです。その方たちの愛情は一様に深いそうですから、そのなかで優劣なんてつけられないでしょう? ですから五人のかたたちのなかで、私の望むものを見せてくださったかたに、他のかたたちより思いが深かったとしてお仕えいたしましょう。そこにおいでのかたたちに、そうお伝えください」

かぐや姫は言い、

「いいでしょう」

と、翁も承知しました。

日暮れに、男たちはいつものようにやってきました。笛を吹いたり、歌を歌ったり、楽器の口真似をしたり、口笛を吹いて扇を打ち鳴らしたり、と、てんでに時間をつぶしているところへ、翁が現れて言いました。

「こんなにむさくるしい家にながい年月通ってくださったことは、まったくかたじけないことでした。恐縮至極です。私の命もそうながくはないのだから、こんなふうに心をつくしてくださるみなさまには、心を決めてお仕え申し上げなさい、と、娘には伝えました。当然のことです。娘は、どなたもみな優劣のないお方ばかりですから決めかねます、お仕えするとなれば、お気持ちの深さを見せていただいてからでないと、と申します。いいことではないでしょうか。これでみなさまうらみっこなしということで」

五人の男たちも、「それはいい」と言いましたので、翁は家に戻ってかぐや姫にそう伝えました。

姫は、「仏の石の鉢——インドに存在し、青い光を放つとか——というものがあります。石作の皇子にはそれを取ってきてもらって下さい」と、言いました。「東の海に蓬萊《ほうらい》という山があります。そこに、根が銀で茎が金、実は真珠、という木が立っていますから、それを一枝、庫持の皇子には折ってきていただきましょう」さらに、「もう一人の方には、中国にある、火鼠《ひねずみ》の皮で作った衣をお願いして下さい。大伴の大納言には、龍の首にくっついているという、五色に光る玉を取ってきてもらって下さい。石上の中納言には、つばめの持っている子安貝《こやすがい》を一つ、取ってきてもらって下さい」と、言います。

「むずかしいことをおっしゃるね。この国にある物というわけでもないし。

こんなにむずかしいことを、どうやって申し上げればいいのだか……」翁が躊躇《ためら》っても、かぐや姫は、「ちっともむずかしくありません」と、言います。「とにもかくにもお伝えしてこよう」翁は言い、でて行って、

「というわけなんです。娘の望む品を、見せてやって下さい」

と、伝えました。それを聞くと、皇子だったり上達部《かんだちめ》だったりする男たちは、

「いっそのこと、まちがってももう近所をうろつかないでほしい、と、はっきりおっしゃればいいのに」

と言って、がっかりして帰って行きました。

三　仏の石の鉢

それでもこの女なしでは生きていられない、と思った石作《いしつくり》の皇子《みこ》は、「インドにある物ではあっても、持って来てみせましょう」と考えました。ですが現実的な思考の持ち主でしたから、「はるばるそこまででかけても、インドにたった一つしかないという鉢を手に入れられるはずがない」と考えて、かぐや姫のもとには、「きょう、インドへ石の鉢を取りにでかけます」と知らせておいて、三年ほどのちに、奈良の十市《とおち》の小倉山寺から、十六羅漢の一体の前に置かれた供物用の鉢――まっ黒にすすけていました――を取ってきて、錦の袋に入れ、いかにも贈り物らしく造花の枝にくくりつけて、かぐや姫の家に持ってきて見せました。かぐや姫が、困った、と思いながら見てみますと、鉢のなかに手紙が入っています。ひろげて読むと、

海山の道に心をつくし果て
　ないしのはちの涙ながれき

（この石の鉢のためにはるばる海や山の道を旅し、まったく血の涙が流れるほど苦労しましたよ）

と、書いてありました。かぐや姫は、仏の石の鉢の特徴とされている光があるかどうか眺めました。ほたるほどの光もありません。

おく露の光をだにもやどさまし
　をぐら山にて何もとめけむ

（仏の石の鉢ならば、露ほどの光くらいあるはずです。小暗い山――小倉山――などで何を取っていらしたんだか）

そこでそういう歌とともに鉢をつき返しました。石作の皇子は、その鉢を玄関先にかなぐり捨てて、こんな歌を返します。

しら山にあへば光のうするかと
　はちを捨ててもたのまるるかな

（白山のように輝くあなたの前では、光も消え失せたのでしょう。鉢を捨てても期待は捨てられません。わかってください）

かぐや姫は返歌もしなくなりました。とりあってもくれない相手にそれ以上言うことも見つけられず、皇子はすごすごと帰るよりありませんでした。

　鉢を捨ててさらに言いつのった皇子の言動から、厚顔無恥なことを「恥を捨てた」と言うのです。

四　蓬萊の玉の枝

庫持《くらもち》の皇子《みこ》は計略に長《た》けた人で、朝廷には「九州に温泉療養に行きます」と言って、休暇を願いでておいて、かぐや姫の家には「玉の枝を取りに参ります」と伝えさせてでかけました。随行すべき人々が大勢、見送りの人々にまざって大阪の港までついてきたのですが、皇子は「できるだけひっそりでかけたい」などとおっしゃって、お供もたくさん連れては行かれませんでした。ごく近くに仕えていた人たちだけ連れて、出発されたのです。見送りの人々は見送りがすむと京へ帰りました。ああ行ってしまわれた、と世間はみな思ったものです。が、実をいえば、三日ほど経《た》って、船をこいでこっそりその港に帰られたのでした。

事前にすべて御命令ずみだったのですが、当代随一の腕を誇る、名人級の鋳物師《いものし》六人を呼び集め、人目に触れない場所に家を造って、かまどのまわりはとくに厳重に、端《はた》からそれとわからないよう三重にも囲い、鋳物師たちをそこに入れました。皇子自身もそこにこもって、御所有の荘園が全部で十六カ所もある方だというのに、窮屈なその家のなかで、玉の枝をつくらせたのでした。かぐや姫のおっしゃるものと寸分たがわずつくらせたということです。

大変上手にごまかして、大阪の港にこっそり枝を持ちだすと、「船に乗って帰った」と御自宅に知らせ、いかにもくたくたなふうを装っておられました。京都から大勢の人がお迎えにでて、玉の枝は、ふたのある長方形の木箱に納め、覆いをかぶせて運びました。どこからどういう噂《うわさ》がもれたのか、「庫持の皇子が優曇華《うどんげ》の花を持って帰京された」と、ちょっとした騒ぎになり、これを聞いたかぐや姫は、私の負けだ、と、打ちひしがれました。

そうこうするうちに、門をたたいて、「庫持の皇子の御到着です」と、告げる声がしました。「旅先から直接の御到着です」と言うので、翁《おきな》が応対にでました。皇子は、「命がけで例の玉の枝を持ってきました」とおっしゃいます。「どうぞかぐや姫にお見せ下さい」と言うので、翁はその枝を持って家の奥に入りました。枝には手紙がつけてあります。

いたづらに身はなしつとも玉の枝《え》を
　手折《たお》らでただに帰らざらまし

（この身がどうなろうとも、玉の枝を手折らずには帰らなかったでしょう）

姫はこの歌に感心もしませんでしたが、駆け込んできた竹取の翁は、

「この皇子はあなたが望まれた蓬莱《ほうらい》の玉の枝を、まったくまちがいなくお持ちになった。これ以上、何の文句もつけられまい。旅装のまま、御自分のお家にも寄られずにいらしたのだよ。さあ、この皇子の妻になってお仕えなさい」と、言います。姫は物も言わず、手で顔を半分おおい、ひどく悲しそうに思い悩んでいました。

この皇子は、「いまになって文句をおっしゃるおつもりじゃないでしょうね」などと言って、縁側に這いのぼってきます。翁には、それももっともなことに思えました。それで姫に、「この日本では見たこともない玉の枝だよ。今度ばかりはお断りのしようがない。人柄もよさそうな方だ」などと言います。かぐや姫は、「親のおっしゃることをあんまり頑《かたく》なに拒んではいけないと思いましたから、ああいう注文をつけることにしましたのに」と言って、手に入れにくいものを意外にも皇子がこうして持ってきたことを、いまいましく思いました。翁はさっそく寝床の準備などしています。

翁は皇子に、「いったいどういうところに、この木はありましたのでしょう。不思議で、美しく、けっこうなものですね」と言いました。皇子の返答はこうでした。「さきおととしの、二月の十日ごろ、大阪から船に乗って海にでました。どっちに行ったらいいのかもわかりませんでしたが、決心したことを成しとげられないなら生きている価値もない、と思いましたから、あてどもなく風にまかせて進みました。死ねばそれまでだ、生きている限りはこうやって進むうちに、蓬萊とかいうその山に出合うかもしれない、と、そう考えて波の上を漂い、祖国を離れて外洋を航行していきましたところ、ある時は波が荒れて海の底に沈みそうになり、ある時は風の意のままに未知の国に吹きよせられ、鬼のようなものが現れて、そいつに殺されかかかりました。ある時は方向を見失い、大海で行方知れずになりかけました。ある時は食糧が底をつき、草の根を食べました。ある時は言いようもなく不気味な何かが出現し、私に食いかかろうとしました。ある時は海の貝をとって、命をつないだのです。

旅の身ですから助けてくださる人もなく、いろいろな病気にかかったときにはどうなることかと思いましたが、船の進むにまかせて海上を漂い、五百日目の午前八時ごろのことでした。波の間に、かすかに山が見えます。船のなかから、それはもう一心に見つめましたよ。近づいてみると、海上に浮かぶその山は実に大きい。どんなふうかといいますとね、高くて美しいんですね。これが私の探していた山だろうと思いましたが、さすがにそら恐ろしく思われて、山のまわりを漕ぎめぐらせて、二、三日様子を見ていましたら、天人の恰好《かっこう》をした女が山のなかからでてきましてね、銀のお椀で水を汲み歩いているじゃないですか。それを見て、私は船をおり、この山の名は何というのだ、と訊《き》きました。女はこたえましたよ、これは蓬萊の山です、とね。それを聞いて、どんなに嬉しかったことか。この女は、そんなことをお訊きになるあなたは一体どなた、と私に尋ねたかと思うと、私の名前はうかんるり、と言い置いて、すっと山のなかに入ってしまいました。

その山はと見れば、まったく登れそうもない。そこでその山の傍《かたわら》を歩いてみると、人間世界にはない花の木がいろいろ立っています。金色や銀色や瑠璃《るり》色の水が、山から流れでてもいます。その水の流れには、色様々な玉で造った橋が渡してある。光り輝く木々が立っていたのは、ちょうどそのあたりでした。私の取って参りました枝は、そのなかにあっては甚《はなは》だ見劣りがし、もっとすばらしいものがあったのですが、姫のご注文どおりのものの方がよかろうと思って、この花を折って帰って参ったのです。

山はじつにすばらしかったですよ。人間世界にはたとえるものもないほどのすばらしさでしたけれど、この枝を折ってしまうとただもう気が急《せ》いて、船に乗り、ちょうど追風が吹いていましたから、四百日とちょっとで帰って参りました。仏様のお力とでもいうのでしょうか、大阪から、きのう無事京の都に帰りつきました。潮にぐっしょり濡れた着物を着替えもせず、こちらに伺った次第です」

これを聞いた翁は感銘をうけてため息をつき、歌を詠《よ》みました。

くれ竹のよよの竹とり野山にも

　さやはわびしきふしをのみ見し

（代々竹取りを業《なりわい》とする者たちでも、野山で竹の節目にこそ出合うものの、こんなに辛い目にばかり遭うことはありません）

これを聞いた皇子は、「長いあいだ辛い思いをしてきましたが、その気持ちも、きょうやっと落着きました」とおっしゃって、歌を返しました。

わが袂《たもと》けふ乾ければ侘《わび》しさの
　ちぐさの数も忘られぬべし

（潮と、姫恋しさゆえの涙とで、濡れていた私の袂も、目的を達成した今日は乾きましたから、辛かった多くの出来事も、じきに忘れてしまうでしょう）

そうこうしていると、男たちが六人連れだって、庭にやってきました。一人が文《ふ》挟《ばさ》みに挟んだ書状をさしだして言います。

「内匠寮《たくみづかさ》の工匠《たくみ》、漢部内麻呂《あやべのうちまろ》が申し上げます。玉の木をおつくり申し上げたこと、五穀断ちまでして精進し、千日あまり力を尽しましたこと、なみなみならぬ苦労でした。それですのに報償をまだいただいておりません。これをいただいて、はばかりながら弟子たちにも取らせたいと存じます」

竹取の翁は、この職人たちは一体何を言っているのだろう、と首をかしげていました。皇子は茫然自失、ひや汗をかいています。

男の訴えが聞こえたかぐや姫は、「その男のさしだしている文書を持ってきなさい」と使用人に命じました。取って来させて読んでみると、こう書かれています。

皇子さまは、千日のあいだ身分低き職人たちと共におなじ隠れ家にこもり、立派な玉の枝をおつくらせになって、褒美《ほうび》に官位まで下さるとおっしゃいました。あとになってよく考えてみたのですが、玉の枝は御側室となられますはずのかぐや姫さまの御所望の品とうかがっておりますから、給金はこのお邸から頂戴いたしたく存じます。

「お支払い下さるべきです」

そう言う声まで聞こえてくると、日が暮れるにつれて心も沈んでいたかぐや姫は晴ればれと笑って、翁をそばに呼んで言いました。

「ほんとうに蓬萊の木なのだとばかり思っていました。こんなにばかばかしいまがい物だったのですから、はやく返してしまって下さい」

翁はこたえました。

「はっきりと、つくらせた物だとわかった以上、返すのは簡単なことだ」

こたえたあとでうなずいています。

かぐや姫は、いまやすがすがしい気持ちになって、さっきの歌にこう返しました。

まことかと聞きて見つれば言《こと》のはを
　飾れる玉の枝にぞありける

(ほんものだとおっしゃるから見てみれば、葉ではなく言葉を飾った虚言、

虚飾の玉の枝でしたのね）

　姫は歌といっしょに玉の枝もつき返しました。竹取の翁は、皇子とあれほど乗り気で話し合ったことが気まずくて、寝たふりをきめこんでいます。皇子は立つに立てず、坐ってもいられず、身のおきどころのない様子でおられましたが、日が暮れると、闇にまぎれて、すべるようにひっそりとでて行かれました。

　直訴に来たあの職人たちを、かぐや姫は呼んで坐らせ、「うれしいことをしてくれた人たちね」と言って、褒美をきわめてたっぷりとらせました。職人たちは非常に喜んで、「思ったとおりだったな」と言って帰ったのでしたが、帰る途中で、庫持の皇子に血が流れるまで打ち据えられました。せっかくもらった褒美も置いていかされ、逃げて帰ったのでした。

　こういうわけで、この皇子は、「生涯で、これ以上の恥もあるまい。女を手にいれそこなったばかりか、世間の人たちにどう思われるか、考えるだけで恥かしいことだ」とおっしゃって、たった一人で山深く入っていかれました。お邸の役人たちや、仕えている者たちが、みんなで手分けしてお探ししたにもかかわらず、お亡くなりにでもなったのか、見つけることができませんでした。皇子はお供の者からさえ身を隠そうとなさって、何年も消息を絶っていらしたのです。それ以来、魂がこの世を離れてしまう状態を、「たまさかる」と言うようになりました。

五　火鼠の皮衣

右大臣阿部御主人《あべのみうし》は、豊かな財産を持ち、一門栄えた家柄の人でした。その年に中国からやってきた貿易船の持ち主の、王慶という人に手紙を書くことを思いつきました。火鼠《ひねずみ》の皮とかいうものがあるそうだが、それを買って届けて欲しい、と知らせたのです。御主人は、家来のなかでも信頼のおける小野房守《おののふさもり》を、手紙と一緒に送り込みました。手紙を持って中国に渡った房守は、王慶に、代金として金《きん》を渡します。王慶は手紙をひろげて読み、返事を書きました。

火鼠の皮衣は、この中国にはありません。噂《うわさ》には聞きますが、一度も見たことがありません。もしこの世に実在するものであれば、中国にだって伝来していてしかるべきだと存じますが。難しい注文ですね。とはいえ、万が一にもインドに伝来していないとも限りませんから、あちらの富裕層たちに尋ねてみましょう。もしみつからなければ、そちらの使者に、代金はお返し申し上げます。

そう書かれていました。

時が経《た》ち、王慶の貿易船がやってきました。小野房守が帰国して都にのぼる、と知った御主人は、足の速い馬を迎えにだします。その馬に乗った房守は船の着いた九州からたった七日で、京の都に帰ってきました。箱と手紙をたずさえており、手紙には、

火鼠の皮衣、なんとか人を介して買うことができましたので、お届けします。いつの時代にも、これは大変得難いお品物です。昔、インドの高徳の僧が、わが国中国に持って渡ってきたとかで、それが西の山寺にあると聞きましたので、朝廷に願いでて、なんとか買い取った次第です。代金が足りない、と役人が私の使者に申しましたので、王慶が立てかえておきました。金《きん》を、重さにしてあと五十両いただきます。船が帰るときに託して下さい。もし不足分をいただけないのであれば、皮衣はお返し下さいますように。

と書いてありました。御主人は、

「何をおっしゃる。あとほんのすこしの金《きん》くらい何とでもなる。嬉しいことよ、ちゃんとみつけて寄越してくれたとは」

と言って、中国の方面に向って伏し拝んでおられます。

この皮衣を入れた箱は、さまざまな美しい瑠璃《るり》を使って、色とりどりに彩色してありました。皮衣の方はといえば、深い深い青色です。毛の先が

金色の光を放っています。大枚はたいただけあって、他に類をみない美しさです。火に焼けないという性質より何より、まずその華麗さにおいて、この上なしの極上品でした。

「なるほど、かぐや姫が欲しがられるのも無理はない」

御主人はおっしゃり、「ああ、ありがたい」と箱に入れ、贈り物らしく木の枝につけ、御自身は化粧をしっかりなさって、「そのまま姫の家に泊ることになるだろう」とお考えになり、歌を詠《よ》んで添えて、お持ちになりました。こういう歌です。

かぎりなき思ひに焼けぬ皮衣
　袂《たもと》かはきてけふこそはきめ

（あなたへの尽きぬ思ひに身を焦がしていましたが、どんな火にも焼けないという皮衣を手に入れましたから、泣き濡れていた私の袂も乾きました。きょうこそは、一緒に衣にくるまりましょう）

御主人は、かぐや姫の家の門口に、贈り物をたずさえて立ちました。できた竹取の翁《おきな》が受けとって、かぐや姫に見せます。皮衣を見た姫は、「上等な皮のようですね。でも、これこそが本物の火鼠の皮であると、どうしてわかるでしょう」と、言いました。「ともかく御主人さまに、まず家に入っていただこう。これまでに見たこともないような皮衣なのだから、本物だと信じなさいな。人にあまりきびしくあたるものじゃありませんよ」

竹取の翁はそう言って、御主人を呼び、すわらせました。このように男を家に上げた以上は、翁も今度は姫を結婚させるだろう、と、竹取の妻も内心思ったのでした。翁という人は、かぐや姫がいつまでもひとり身であることを嘆かわしく思い、いい人に添わせたいと願いながらも、姫に頑《かたく》なに拒まれれば無理強いもできない、というような人でしたから、妻が今度こそはと期待するのも、仕方のないことでした。

かぐや姫は、翁に言いました。

「この皮衣を火に焼いてみて、もし焼けなかったらそのときこそ、本物と認め、負けと認めて、あの方の言葉に従いましょう。『これまでに見たこともないような皮衣なのだから、本物だと信じなさいな』とおっしゃられましたけど、やはり焼いて確かめたいと思うのです」

翁は、

「それもそうだ」

と言い、御主人の大臣《おとど》に、

「娘がこう申しております」

と伝えました。大臣はこたえます。

「この皮は、はじめ中国にもないと言われたものを、やっと探して手に入れたものです。疑う余地がなく本物ですが、とは言えそれなら早く焼いてごらんなさい」

そうやって翁に皮衣を火にくべさせ、焼かせなさると、衣はめらめらと焼けてしまったということです。

「やはり、試してみてよかったわけですな。べつな物の皮でしたか」

翁は言いました。ごらんになっていた大臣は、草の葉のように青ざめ、じっと坐っておられます。

かぐや姫は「ああ、よかった」と喜んでいました。大臣の詠まれた歌に返歌を詠み、皮衣の入っていた箱に入れて返しました。

なごりなく燃ゆとしりせば皮衣
　思ひの外におきて見ましを

(あとかたなく燃えてしまう偽物だと知っていれば、心配して思ひなやんだりせず、美しい皮衣を火にくべたりせず火の外に置いて、じっくり眺めましたのに)

これがその歌。これでは他に仕方もなく、大臣はお帰りになったのでした。

でも、何も知らない世間の人たちは、「阿部の大臣は火鼠の皮衣を持っていらして、かぐや姫と結婚なさるとか。もうこちらにおいでですか」などと尋ねます。竹取の家の使用人の一人が、「皮衣は、火にくべて焼いたらめらめらと焼けましたので、かぐや姫さまは御結婚なさいません」と、こたえました。それ以来、思いをとげられないことを、あべはいない、「あへなし」と言うのです。

六　龍の首の玉

大伴御行《おおとものみゆき》の大納言は、邸にいるすべての者を召し集めて、「龍の首には、五色に光る玉があるそうだ。それを取って献上した者には、何でも願いを叶えてやろう」と、おっしゃいました。それを聞いた従者たちは、「じつにありがたいお言葉です。けれど五色の玉とはまた、簡単には取れそうにもないものですね。まして龍の首からとなると、一体どうやって取ればいいのでしょうか」と、口々に言いました。大納言はおっしゃいます。

「大切な人に仕えている身ならば、命を捨ててでも自分の主人の望みを叶えたいと思うべきじゃないのか。わが国になくてインドや中国に取りに行かねばならぬものというわけじゃなし。わが国の海や山から、龍はのぼりおりするものだ。それなのにお前たちは一体どういうつもりで、困難だなどと申すのか」

従者たちは、「それならば、いたしかたありません。困難なことではありますが、お言いつけに従って、探しに参りましょう」と、言いました。

大納言は機嫌をなおし、「お前たちが大切な人物に仕えているということは、世のなかじゅうが知っている。その大切な人物の言いつけに、そむくわけにはいかないだろう？」とおっしゃって、龍の首の玉を取りに、男たちを行かせます。道中で食糧が買えるように、お邸内の絹や綿やお金など、あるだけのものをだして持たせてやりました。そして、「お前たちが帰るまで、私は精進して身をつつしみ、旅の安全を祈りながら待っていよう。龍の首の玉を取れないうちは、この家に帰ってくるんじゃないぞ」と、おっしゃったのでした。

わかりました、とこたえて御前を退出した従者たちでしたが、「首の玉を取れないうちは帰っちゃいけないとおっしゃるんだから、こうなったらもうどこへ行こうとおなじことだな。足の向いた方向に進んでやるさ」「まったく、どうしようもないことをおっしゃるよなあ」と、悪口を言い合いました。道中のために与えられた品々を分け合ってしまうと、ある者は自分の家にこもり、ある者は自分の行きたいところに行きます。「親も同然のご主人様ではあるが、こうまで無茶な御命令をなさるとは」と、不可能なことを望む大納言を、ののしり合ったことでした。

「かぐや姫を妻として住まわすには、このままでは見苦しい」

大納言はそうおっしゃって、立派な建物をお造りになり、漆《うるし》や蒔絵《まきえ》で壁を飾らせ、さらに屋根の装飾として、色とりどりに染めた糸を屋根本体の上から葺《ふ》かせました。室内の装飾としては、言葉にもできないほど美しい綾織りの布に絵をかいたものを、柱と柱のあいだごとに張らせます。

もともとからいた妻たちは、かぐや姫を必ず妻に迎えるつもりなので準備として追いだし、その新しい邸で、大納言は一人で生活なさっているのでした。

派遣した従者を、大納言は夜も昼もお待ちになっていましたが、翌年になっても何の音沙汰もありません。待ちきれなくなって、ごく内密に、舎人《とねり》と呼ばれる側仕え二人だけを交渉役として連れて、大納言は大阪のあたりに、わざと粗末な身なりをしてでかけ、

「大伴の大納言どのの従者が、船に乗って、龍を殺して、その首の玉を取ったとかいう話は聞いてないかね」

などと尋ねます。一人の船のりが、

「へんな話だな」

とこたえて笑い、

「そんな仕事をひきうける船もないしね」

と、言いました。

「浅はかなことを言う船のりだな。私を誰だか知らないからそんなことを言うのだろう」

そうお思いになった大納言は、

「私の弓の力ならば、龍がいさえしたらビシッとたちまち射殺して、首の玉を取ることができる。悠長な従者たちを待つこともないだろう」

とおっしゃって、船に乗り、海上をほうぼう漕ぎまわらせるうちに、大そう遠く、九州の方の海にまで行ってしまいました。

どうしたことか、突風が吹きつけ、あたりがいきなり暗くなって、船を上下左右に翻弄《ほんろう》します。船は方角を見失い、風にもまれて海に沈みそうになりました。荒波は船体にぶつかって、さかんに水に巻き込もうとします。雷は、いまにも落ちかかりそうにひらめきます。これには大納言もうろたえて、「これほどつらい目にあったことはない。どうなってしまうんだろう」と、おっしゃいました。

「長いこと船に乗り、あちこち航海していますす私でも、これほどつらい目にあったことはありません」

船頭はこたえました。

「あなた様のお乗りのこの船は、まあもし沈没をまぬがれればの話ですが、落雷に打たれるにちがいない。万が一神さまの助けがあったとしても、おそろしい南の海へ吹き流されるのがおちでしょう。厄介なお人のもとで働いたばっかりに、むなしい死に方をしそうだよ」

そう言うと、泣きだしました。

これを聞いた大納言は、

「船に乗ったら船頭の言葉をこそ高い山のように頼りにしているのに、なぜそう頼りないことを申すか」

と、はげしく嘔吐《おうと》しながらおっしゃいます。船頭はこたえました。

「私は神さまじゃありませんから、どうしようもないですよ。風が吹き、波が激しいだけならともかく、雷まで頭上に落ちかかりそうなのは、龍を殺そうだなんて思われたからですよ。この強風も、龍が吹かせているんです。早く神さまにお祈りなさいまし」

「いい考えだ」

大納言は言い、

「海道守護の神さま、聞いて下さい。分別もなく、浅はかにも、龍を殺そうなどと思ってしまったことでした。これからは、龍の毛の一本にさえ、触れることはいたしません」

と、祈願の言葉を大声で叫び、立って拝み坐って拝み、泣きながら千度もおっしゃったので、それがよかったのか、だんだんに雷が鳴り止みました。いなびかりはまだすこしあり、風は依然として速かったそうです。

「やっぱり龍のしわざだったんですよ。いま吹いている風は、いい風です。悪い方角の風ではない。いい方向に吹いていますよ」船頭は言いましたが、大納言には説明をお聞きになる余裕もありません。

順風は三、四日続き、船を陸地に吹き寄せました。浜を見ると、兵庫の明石の浜でした。大納言は、おそろしい南の海に流されて、そこの浜に吹き寄せられたものとばかり思っていましたので、息もたえだえに横になっておられます。船のなかにいた舎人たちが、この地方の役人に助けを求めたのでしたが、役人が駆けつけてお見舞しても、起き上がることさえなさらず、船底に倒れておられるのでした。浜の松林にむしろを敷いて、みんなでおろしてさしあげました。そのときになってやっと、ここは南の浜などではない、と気づき、大納言は起きあがられたのです。その姿はまるで重病人のよう、腹がひどくふくれて、両目はまるで、すももを二つくっつけたような腫れぐあいでした。それを見ると、この地の役人もつい失笑しました。大納言は、役人に命じて小さなみこしをつくらせ、うめきうめきかつがれて、京の家にお帰りになりました。どうやって聞きつけたのか、玉を取りに行かされていた従者たちがやってきて、こう言ったそうです。

「龍の首の玉を取ることができなかったものですから、これまでお邸に参上できませんでした。ですが、玉がどんなに手に入れにくいものかおわかりになったいま、お叱りを受けることもあるまいと考えて、参上した次第です」

大納言は起きあがってきちんと坐り、「お前たち、よくぞ取って来なかった。龍というのは雷の一種だった。その玉を取ろうとして、多くの人たちがあわや命を落とすところだった。まして龍を捕えたりすれば、私もあっけなく殺されていただろう。よく捕まえずにいてくれた。かぐや姫というペテン師が、私を殺すために仕掛けたことだったのだ。あいつの家のそばを通るだけでもいやだ。お前たちも近づくんじゃないぞ」とおっしゃって、家にすこしだけ残っていた金品を、龍の玉を取らなかった者たちに与えました。

これを聞いて、離縁された元の妻たちは腹をよじって笑ったそうです。華麗な糸で葺かせてつくった建物の屋根は、とんびやからすが巣づくりのためにみんなくわえて持ち去ってしまいました。

世間の人たちは、こんなふうに話しました。「大伴の大納言は、龍の首の玉を取っていらしたのか」「いや、そうじゃなく、二つの目にすもものような玉をおつけになっていらしたんだ」「そんな玉じゃ、ああ、食べ難い！」

そこから、思うままにならないことを、「ああ、耐え難い！」と言うようになったのです。

七　つばめの子安貝

中納言石上麻呂《いそのかみのまろ》足《たり》は、家来たちに、「つばめが巣をつくったら教えてくれ」と、おっしゃいました。それを聞いて家来たちが「何にお使いになるのですか」と尋ねると、「つばめが持っている子安貝《こやすがい》を、取ろうと思ってね」と、おこたえになります。家来たちは言いました。「つばめをたくさん殺して腹を裂いてみたところで、見つかりはしませんよ。ただし、つばめは子を産むときにだけ、どういうふうにしてか子安貝をだすそうです。でも、人が見たりすると消えてしまうらしいですよ」

また、ある人は、「宮内省の大炊寮《おおいづかさ》という役所の、炊事場の梁《はり》の上、束柱の立つ箇所ごとに、つばめは巣をつくります。そこに、忠実な家来たちを連れてお行きなさい。高いところに足場をつくり、そこから誰かに様子をうかがわせておけば、たくさんいるつばめのこと、どれかが子を産まないこともないでしょう。いいですか、その時こそ貝を取らせる時なのです」と、助言しました。中納言は喜ばれ、「おもしろいな。ちっとも知らなかった。いいことを教えてくれたね」とおっしゃって、忠実な家来を二十人ほどつかわして、足場にのぼらせて待たせておきました。

ひっきりなしにそこに使いをだして、「子安貝は取れたか」とお尋ねになります。

つばめは、人がたくさんいるので怯えてしまい、巣にも上がってきません。家来たちはそういう返事をしました。それをお聞きになった中納言は、どうしたらいいのかと頭を悩ませていました。すると、その大炊寮の下っ端役人、倉津麻呂《くらつまろ》という老人が、

「子安貝を取りたいと思っていらっしゃるのなら、方法を伝授いたしましょう」

と、邸にやってきました。中納言は、額をつきあわせて対坐し、とっくり話を聞きました。倉津麻呂は言います。

「このつばめの子安貝の取らせ方は、よろしくないです。あれではお取りになれないでしょう。大仰《おおぎょう》に二十人もの人がのぼっていては、つばめも恐れて寄ってきてはくれません。なさるべきことは、足場をこわし、人々をさがらせ、忠実な家来ただ一人だけを、あらく編んだカゴにのせて坐らせ、綱をくくりつけて準備しておいて、つばめが子を産もうとしているあいだに綱をひきあげさせ、さっと子安貝をお取らせになる。これですよ」

「すばらしい」

中納言はおっしゃり、足場を壊しましたので、家来たちは皆邸にひきあげました。

「つばめが子を産んだかどうか、どうやって判断して綱を上げたらいいのだろうか」

中納言が倉津麻呂にお尋ねになると、倉津麻呂は、

「つばめが子を産むときは、しっぽを上げて七度ぐるぐるまわって産むそうです。ですから、七度ぐるぐるまわったらカゴをひき上げて、子安貝を取らせてください」

と、言います。中納言は喜んで、世間の人々には内緒でこっそり大炊寮にでかけ、家来たちにまざって、昼も夜も待ちました。倉津麻呂の進言を大層お喜びになって、「私の家来でもないのに、願いを叶えてくれるとは嬉しいじゃないか」とおっしゃり、着ている着物を脱いで肩にかけてやりました。ごほうびです。「夜になったら、この寮にもう一度来なさい」とおっしゃって、家に帰しました。

日が暮れて、中納言が例の大炊寮にいらしてご覧になると、ほんとうにつばめが巣をつくっています。倉津麻呂の言ったとおりつばめがしっぽを浮かせてぐるぐるまわっていましたので、カゴに人を坐らせてひっぱり上げ、巣に手を入れて探らせました。けれどその家来は、

「何もありません」

とこたえます。中納言は、

「さぐり方が悪いからだ！」

と腹を立て、

「誰も頼りにならん」

とおっしゃって、

「私がのぼって探ろう」

と、カゴにのって吊り上げられました。のぞいてみると、つばめはしっぽを上げて、もう滅茶苦茶にまわっています。すきをみて手をのばし、お探りになると、手に平べったいものが触れました。

「何かつかんだぞ。さあ、おろしてくれ。倉津麻呂のじいさん、うまくいったぞ」

そうおっしゃいました。家来たちは集って、一刻も早くおろそうと思って、綱をひきすぎ、綱が切れると同時に八島の鼎《かなえ》——八つならんだ金属製の大釜——の上に、中納言はあおむけに落ちてしまわれました。みんなびっくりして駆け寄り、抱きあげようとしたのですが、中納言は白目をむいて倒れ伏していらっしゃいます。水をすくって口にいれてさしあげたところ、かろうじて息を吹き返されたので、鼎の上から手をとり足をとりおろしてさしあげました。

「ご気分はいかがですか」

と尋ねると、中納言は苦しげな息の下で、

「頭はすこしはっきりしてきたが、腰が動かない。しかし子安貝を握りしめているから嬉しいよ。なにはともあれあかりを持ってきてくれ。この貝の顔を拝もうじゃないか」

とおっしゃり、頭を起こし、握っていた手をおひらきになると、つばめのしていた古いフンを握っていらっしゃるのでした。それをご覧になった中納言が、

「ああ、貝がない」

とおっしゃったことから、期待どおりにいかないことを、「かいなし」と言うようになったのです。

貝ではなかったとわかると、中納言はご気分も悪くなり、唐櫃《からひつ》——衣類などを入れる長方形の箱——のふたに入れて運ぼうとしても、お入れすることもできないありさま、お腰はすっかり折れてしまっていました。

中納言は、子供じみた真似をして具合を悪くしたことを、世間に知られないようになさったのでしたが、それを気に病むあまりさらに衰弱してしまわれました。貝の取れなかったことよりも、人に知られて笑われることの方が、日ましに心痛の種となり、普通に病気で死ぬよりも、人聞きが悪いと思っておられたようです。

これを聞いたかぐや姫は、お見舞の歌を届けました。

年をへて波たちよらぬ住《すみ》の江《え》の
　松かひなしときくはまことか
（もう何年も経《た》ちますのに、立ち寄って下さいませんね。波のこない住の江の松みたいにお待ちしておりますのに、待っていても貝がなくて待つ甲斐がないという噂《うわさ》を聞きました。それはほんとうなんですか）
これを読んで聞かされた中納言は、気力も弱り果てていたにもかかわらず、しゃんと頭を上げ、家来に紙を持たせて、苦しげにしながらもなんとか返歌を書かれました。
かひはかく有ける物をわびはてて
　しぬる命をすくひやはせぬ
（貝はこのとおりなかったのですが、こうしてお見舞の歌をいただいて、骨を折った甲斐はちゃんとありました。思い悩んで死んでいく私の命を、匙《かい》で掬《すく》うように救っては下さいませんか）
書き終るやいなや、息絶えてしまわれました。
これを聞いて、かぐや姫はすこし哀れだと思いました。そういうことがあってからすこし嬉しいことを「かいある」というのです。

八　帝の求婚

さて、かぐや姫が他に類を見ないほど美しいことをお聞きになった帝《みかど》は、内侍中臣房子《ないしなかとみのふさこ》にこうおっしゃいました。

「多くの男の身を破滅させ、それでも誰の妻にもならないというかぐや姫とはどれほどの女なのか、でかけて行って、見てきなさい」

房子は承知して、退出します。

竹取の家では、恐縮して房子を迎え入れ、会ったのでした。翁《おきな》の妻に、房子が言います。

「帝の御指示で、かぐや姫の優美さをしっかりたしかめるために参りました」

妻は、

「ではそう伝えて参りましょう」

とこたえて奥に入りました。かぐや姫に、

「さあ、お使いの方にお会いなさい」

　と言うのですが、

「美しくもない私が、どうしてお目にかかったりできるでしょう」

　と、姫は言います。

「いやなおっしゃりようですね。帝のお使いを、一体どうして軽々しくあつかえますすか」

　と咎《とが》めても、かぐや姫は、

「帝に呼ばれてお言葉をいただくことなんて、私にとってはちっともありがたいことじゃないもの」

　とにべもなくこたえ、全く会うそぶりを見せません。実の子のように育ててきたとはいえ、気おくれするほどそっけない言い方をされたので、思うように叱ることもできないのでした。

　竹取の妻は房子のもとに戻り、「残念ですが、あの子は強情っぱりで、お会いしそうもありません」と告げました。

「必ず見てたしかめて来いという帝の御指示でしたのに、このまま帰ることなどできるはずがありません。国王がおっしゃっているんですよ。現にこの国に住んでいながら、そのお言葉に従わないですむはずがありません。道理にはずれたことをなさるものじゃありません」

　房子はひどく高飛車に言いましたので、これを聞いたかぐや姫は、ますます相手の言い分を聞かなくなりました。

「国王のおっしゃることに背《そむ》いたというなら、さっさと殺して下さって構いません」

などと言います。

房子は宮中に帰って、それを報告しました。報告をお聞きになった帝は、

「多くの男を殺したのはその気性というわけか」とおっしゃって、そのときはそれで事が済んだようです。けれど、やはりかぐや姫のことが気にかかり、その女の策略には負けないぞ、とお思いになり、竹取の翁を呼びだしてこうおっしゃいました。

「そちらにいらっしゃるかぐや姫をいただきたい。美しいと聞き、使いをだしたがあえなく帰された。あるまじきこと、このままにしておくわけにはいかない」

翁は恐縮して、こう返事をしました。

「あの子供は、まったく宮仕えいたしそうにございません。困りはてております。ですが、帰って帝のお言葉を伝えましょう」

これを聞かれた帝は、

「お前の手で育てた娘であるのに、なぜお前の思いどおりにならぬのだ。もしその娘を宮仕えさせたら、お前に五位の位を授けよう」

と、おっしゃいました。

翁は喜び、帰ってかぐや姫を説得にかかります。

「帝はこうおっしゃっている。それでもまだ宮仕えなさらないのか」

そう言うと、かぐや姫は答えました。

「まったくその気はございません。無理に仕えさせようとなさるなら、消えてしまうまでです。あなたが五位の位を授かれるようお仕えして、死ぬまでです」

翁はこれに、ひるみます。

「そんなことをしなさるな。官位などいただいたところで、我が子に会えなくなってはどうしようもない。しかし、一体なぜ宮仕えをなさらない？死にたいなどとおっしゃる理由はないでしょうに」

「疑うなら宮仕えをさせてみて、死なずにいるかどうかご覧になって下さい。たくさんの人たちが心から求婚して下さって、私はそれを無駄にしてきました。きのうきょうの帝のお言葉に従うのは、はれんちだと思われかねません」

「他人にどう思われようと構わないが、姫の命にかかわるとあっては一大事だから、やはりお仕えはできないと、宮中に出向いてお伝えしてこよう」

翁はこたえ、でかけて行きました。そして、

「ありがたい仰《おお》せをいただいて、あの子供を宮仕えさせようとしてみたのですが、宮仕えにひっぱりだすのなら死ぬ、と申します。私、造麻呂《みやつこまろ》が実際に生ませた子ではなく、昔山でみつけた子ですから、やはり考え方もふ

つうの人間とはちがうのでしょう」

と、申し上げて帝に伝えてもらいました。

帝はこうおっしゃいました。

「造麻呂の家は、山のふもとのあたりだったな。狩に行くふりをして、こっそり姫を見てしまおうか」

造麻呂が、

「いいお考えです。それならばなんとかなるかもしれません。姫がぼんやりしているときに、ふいうちで狩にでて我家をのぞかれれば、姫をご覧になれるでしょう」

と、申し上げたので、帝はさっそく日どりを決め、狩におでましになりました。かぐや姫の家にお入りになると、家じゅうに光が満ち溢れていました。そのなかに、清らかな様子で坐っている人がいます。これだな、と思われた帝が、逃げようとするかぐや姫の袖をつかむと、姫は顔をおおってしまいましたが、すでにしっかりご覧になっていた帝は、その比類ない美しさに胸を打たれて、

「放しはしないよ」

とおっしゃり、連れて帰ろうとなさいました。かぐや姫はこうこたえました。

「わが身がこの国に生まれたものであれば、宮仕えをおさせになることもで

きましょうけれど、そうではない以上、連れて帰りにくいはずです」

帝は、

「どうしてそんなことがあろう。それでも連れて帰りますよ」

とおっしゃって、御輿《みこし》を呼びよせました。すると、このかぐや姫、ぱっと姿を消し、ぼんやりした影のようなものになりました。なんてあっけなく、淋しいことかと思われた帝は、ほんとうに普通の人とは違うのだ、と理解され、

「では連れて帰るのはやめよう。もとの姿におなりなさい。せめてそれを見てから帰りたい」

と、おっしゃいました。すると、かぐや姫はもとの姿に戻ります。帝は、姫が普通の人ではないと知ってなお、姫をすばらしいと思う気持ちが湧いて止めようもなく、このように姫に会わせてくれた造麻呂に、感謝するのでした。造麻呂の方でも、帝とそのお供のたくさんの人々を、正式かつ盛大な饗宴《きょうえん》でもてなしました。

帝はかぐや姫を置いて帰ることがやはり残念でならなかったようですが、魂をあとに残すような気持ちのまま、お帰りになりました。お輿に乗られてから、かぐや姫に歌を詠《よ》みます。

帰るさのみゆき物うく思ほえて
そむきてとまるかぐや姫ゆへ

（帰路を行幸《みゆき》とは呼ぶけれど、幸せどころか大変辛く、私の心はうしろを向いて立ちどまってばかりいます。私の言葉にうしろを向いて、そこにとどまっているかぐや姫のために）

姫の返歌はといえば、

葎《むぐら》はふ下にも年はへぬる身の
　何かは玉のうてなをも見む

（つる草が生い茂るような庶民の家で長年暮してきた私のような者に、華麗な御殿はのぞめません）

これを御覧になった帝は、一体どっちに帰ればいいのかわからなくなり、とても帰れない気持ちにもなられたのですが、だからといってそこで夜を明かすわけにもいかず、お帰りになりました。

いつもお側仕えをしている女官たちを見ても、かぐや姫とはくらぶべくもない味気なさです。他の人たちよりは美しいと思っていた女の人たちでさえ、姫と比較してしまうと人間以下に思えます。かぐや姫のことばかり思いつめ、帝はただ一人の生活をなさいました。余程の理由がない限り、奥さま方にも会いに行きませんでした。かぐや姫の元にだけ、手紙を書いてやりとりを続けます。かぐや姫の返事も、仰せにはそむいたけれど情のこもったいい手紙で、帝は木を見ても草を見ても歌を詠まれ、姫に送られるのでした。

九　かぐや姫の昇天

　このようにして、帝《みかど》とかぐや姫が互いに心をかよわせあって三年ばかり経《た》ちました。その年の春の始めから、かぐや姫は夜空に月が美しく輝いているのを見ては尋常ではなく物思いに沈むようになっていました。使用人の一人が、「月の顔を見るのは不吉なことですよ」と忠告したりもしたのですが、ともすると人のいないすきに月を見て、はげしくお泣きになっています。

　七月十五日の夜にも月がでており、姫は部屋の外にでて月光をあびて坐り、深く物思いに沈んでいました。姫のそばに仕えている者たちが、竹取の翁《おきな》にそれを注進します。「かぐや姫は普段から月を感慨深げに眺めていらっしゃいましたが、最近のそれは、ちょっと度を越しておられます。何かはなはだしく不幸なことがおありに違いありません。よくよく気をつけてさしあげて下さい」

　それを聞いた翁は、かぐや姫に言いました。

「一体どんな不幸があって、そんなに悲しそうに月を見ていらっしゃるのですか。天下泰平の、このいいご時世に」

かぐや姫は、

「月を見ると、世のなかがどこか心細くしみじみしたものに思われるのです。それだけのことで、不幸などなにもありません」

と、こたえました。

けれど、その後も、翁が様子を見に行くと、姫は依然としてつらそうに物思いしています。

「大切な、かわいい我が子よ、いったいどうしたというんです。何を思い悩んでいるのですか」

翁が尋ねれば、

「思い悩んでなどいません。なんとなく物悲しいだけです」

と、姫はこたえます。

「月を見るのをおやめなさい。月を見ているときに限って、つらそうな御様子になるのですから」

翁が言うと、姫は、

「どうして月を見ずにいられれましょう」

とこたえて、やはり月がでれば部屋からでて、悲しそうに思いに沈んでいます。まだ月の出が遅いころの夕方にはそんな様子はないのですが、また新月となり、夕方であっても月がでてしまうと、やはりため息をついたり泣いたりします。これを見て使用人たちは、「やっぱり悩みごとを抱えているのだ」とささやき合いましたが、翁にもその妻にも、誰にも、それが何なのかはわからないのでした。

八月十五日に近いある夜のこと、月光のあたる場所にでて坐っていたかぐや姫が、はげしく泣きました。いまや、人目もしのばず泣かれるのです。これを見た翁もその妻も、「一体どうしたんだ」と、大慌てしました。かぐや姫は泣きながら言います。

「前々から申し上げようと思っていたのですが、申し上げれば必ず動揺なさると思いましたから、これまで申し上げずにいたのです。もはやそうもしていられないようですから、申し上げることにいたします。私はこの世の人間ではありません。月の都のものです。ですがそこでの前世の約束があり、この世にやってきたのです。おいとますべきときが来ました。今月の十五日に、もといました月の国から、人々が迎えに来ます。どうしても帰らないわけにはいきませんから、お二人がお嘆きになるだろうと思うと悲しくて、この春から私も嘆き悲しんでいたのです」

姫がそう言いながら身も世もなく泣きますので、翁は、

「これはまた、何ということをおっしゃるのかな。竹のなかからお見つけ申したが、菜種ほどの大きさしかなかった姫を、私とならぶ背丈ほどにま

でお育てしたのはこの私です。その我が子を、一体誰が迎えに来るというのですか。絶対に許しません」

　と言い、

「そんなことになるなら、私の方こそ死んでしまいたい」

と泣きさわぎます。どうしたって耐えられないといったありさまでした。かぐや姫が言います。

「私には、月の都に父と母がいます。ほんのすこしのあいだ、と言われてこの地上にやってきたのですが、地上では、それは長い年月にあたります。あちらの父母のことは思いだせません。ここには長く滞在してたのしく過し、親しませていただきました。帰ることは嬉しいどころか悲しいのです。けれど心とは裏腹に、おいとましようとしております」

　言い終えると、翁や妻と共にはげしく泣きました。使用人たちも、ながい年月親しんできた姫と別れなければならないことを――姫の心根の上品でかわいらしいことなどを知っていたので、これからどんなに恋しく思うだろうと考えると耐えがたく、湯水も喉を通らず――、翁と妻と、おなじ気持ちになって嘆きました。

　これをお聞きになった帝が、翁の家に使いをだされました。その使者を出迎えた竹取の翁の、泣くこと泣くこと。別れの辛さでひげは白くなり、腰は曲り、目もただれています。翁は今年五十になるのですが、心配ごとのために、すこしのあいだにぐっと老けてしまったように見えました。使者は、帝の言葉を翁に伝えました。

「大変お気の毒なことに、心配ごとがおありだというのはほんとうですか」

　竹取の翁は泣きながらいいます。

「この十五日に、月の都からかぐや姫に迎えが来るそうです。お尋ね下さってよかった！　この十五日には、どうか人々をお遣わし下さい。そして、月の都の者が現れたらつかまえさせましょう」

　使者は宮中に戻り、翁の様子を伝え、言葉も伝えました。それをお聞きになった帝は、「一目見ただけの私の心にさえ忘れがたいかぐや姫なのに、日々一緒にいて見なれていた翁たちがかぐや姫を手放すのは、どんなに辛いことだろう」とおっしゃったそうです。

　さてその十五日がきました。帝はあちこちの役所に手をまわし、中将高《たか》野大国《ののおおくに》という人を勅使に指名して、総勢二千人の武官を六衛《ろくえ》の府《つかさ》より集めて竹取の家に遣わしました。やってきた武官たちは、土塀の上に千人、屋根の上に千人、翁の家のたくさんの使用人と合わせると、すきまもない守りとなりました。この使用人たちも、武官たち同様弓矢をたずさえています。屋内では、侍女たちが順番に寝ずの番をします。

　翁の妻は、塗籠《ぬりごめ》――母屋《おもや》の一室を、壁を塗って土蔵のようにしたもので、貴重な調度を入れ、寝室にもする場所ですが——のなかで、かぐや姫を抱いていました。翁は塗籠の戸に錠をおろして、戸口に立ちました。そしてこう言います。

「これほど厳重に守っていれば、天の人にだって負けないだろう」

また、屋根の上の人々に向かっても、

「わずかでも何か空を飛んできたら、ためらわずに射殺して下さいよ」

と、言いました。守っている人々が、

「こうもやっきになって守っているところに、コウモリ一匹だって飛んでこようものなら、まず射殺して、みせしめのためにおもてに曝《さら》してやるまでさ」

とこたえましたので、翁は心強く思ったことでした。会話を聞いていたかぐや姫は、

「私をこうして閉じ込めて守り、戦おうとあれこれ準備なさっても、あの月の都の人が相手では、戦いようがありません。弓矢など役に立ちません。こんなふうに閉じ込めて下さっても、月の都の人がやって来れば、戸はみんな苦もなくあくでしょう。向いあって戦おうとしても、いざ彼らが来ると、猛々《たけだけ》しい心のままでいられる人など一人もいないはずです」

と言います。翁は、

「姫をお迎えに来るような人は、長い爪で目をつかんで潰《つぶ》してやる。そい

つの髪の毛をつかんで、空からひきずりおろしてやる。そいつの尻をまくりだして、こんなに大勢いるお役人たちの前に曝し、恥をかかせてやる」

と、腹を立てています。

かぐや姫は言いました。「大きな声を出されますな。屋根の上の者どもが聞いていますのに、みっともない。これまで温かなお心を注いでいただいたのに、恩知らずにも去っていくことが、残念でなりません。ずっと一緒にいられる御縁ではありませんでしたので、まもなくお別れしなくてはならないのだ、とわかってはいるのですが、悲しい気持ちでおります。親たちに何のお返しもいたしませんで、こうして帰っていく道が心安らかなはずもなく、ここのところずっと月に向って、せめて今年一年ここに残らせてほしいと祈っていたのですが、いっこうに許されませんでした。それで、こんなに思い嘆いているのです。お心を乱して立ち去ることが、悲しくてとてもたまりません。月の都の人はそれはそれは美しく、年もとりません。物思いするということがないのです。そういうところへ帰るのですが、私はちっとも嬉しくありません。これから年をとって衰弱していかれるお二人の、おそばにいられないことが何より辛いのです」

「胸の痛むことをおっしゃるのはおやめなさい。どんなにすばらしい使者が来ようと、私の気持ちは変りません」

翁は月の都のすべてを憎みました。

そうこうするうち、宵《よい》は過ぎて真夜中になりましたが、翁の家のあたりが、真昼よりもあかるい光に満ち、まるで満月のあかるさを十あわせたようなありさまになりました。居合わせた人の毛穴まで見えたほどです。大空から人々が、雲に乗っておりてきて、地面から五尺ほど浮いたところにふわふわとならびます。これを見ると、家のなかにいた人も外にいた人も心が何かに呪縛されたようになり、戦おうとする気持ちもなくなっていました。それでもなんとか気持ちをふるい立たせて、矢を弓につがえようとするのですが、手に力が入らず、ぐったりしてどこかにもたれかかってしまいます。なかには気丈夫な者もいて、必死に射ようとするのですが、矢はとんでもない方向に飛びます。勇猛な戦いなど望むべくもなく、誰も彼もぼんやりし、酔ったようにとろんと見ているだけでした。

空中に立っている月からの迎えの人たちは、見たこともないほど華麗な衣服に身を包んでいます。空を飛ぶ車を一台従えてきていました。車には、薄絹を張った傘がさしかけてあります。その傘の下に王と思われる人が乗っていて、竹取の翁の家に向って、

「造麻呂《みやつこまろ》、でて参れ」

と言います。あれほど勇んでいた造麻呂も、何かに酔ったような心地になり、うつぶせに倒れました。王は言います。

「お前、心未熟なものよ、お前はいくばくかの善行を積んだので、助けに

なればと思い、しばらくのあいだかぐや姫と共にいさせたのだ。その年月に金もたくさん与えられて、以前とは別人のようになったではないか。かぐや姫は罪を犯されたため、こうして賤しいお前の元に、ほんのしばらくいらしただけなのだ。罪の償いの期間がすぎたので、こうして迎えに来たというのに、翁ときたら泣き嘆く始末。泣いてもどうにもならぬのだ。はやく姫をだしなさい」

翁はこたえて言いました。

「私がかぐや姫をお育てした年月は二十数年になります。ほんのしばらくのあいだ、とおっしゃったので、どうも合点《がてん》がいかないのです。べつなところに、あなたがお連れになるべきべつなかぐや姫がいらっしゃるのではないでしょうか」

また、

「ここにいらっしゃいますかぐや姫は、重い病気をわずらっておられますから、とてもおでかけにはなれません」

とも言ってみました。王はそれにはこたえずに、屋根の上に飛ぶ車を寄せ、

「さあ、かぐや姫、穢《けが》らわしい下界になぜぐずぐずとどまっていらっしゃるのですか」

と、言いました。すると、姫を閉じ込めておいた塗籠の戸が、いきなり

がらりとあきました。あちこちの格子《こうし》も、誰も触らないのに次々と、あきにあきます。翁の妻は、抱きしめていたかぐや姫がするりと抜けでてしまったので、とてもひき止めることができず、ただ仰ぎ見て泣いています。

かぐや姫は、動転して泣き伏せっている竹取の翁のそばに行き、

「私も、離れがたいのに離れるのです。せめて、天に昇るのだけでもお見送り下さい」

と言うのでしたが、翁は、

「こんなに悲しいのに、一体どうしてお見送りなどできましょう。私に一体どうしろというおつもりで、見捨てて天に昇られるのですか。どうか一緒に連れて行ってください」

と言って泣きじゃくるので、かぐや姫も心乱れました。

「では、手紙を書いてから去ることにしましょう。私が恋しくなったときには、どうぞこれをとりだして見て下さい」

そう言って、泣きながら書いた手紙には、

この国に生れたのであれば、お二人を嘆かせてしまわないだけながくおそばにいられたはずですが、そうできずに去らねばならないことが、かえすがえすも不本意です。脱いだ着物を置いていきますので、形見と思って眺めて下さい。月のでた晩には、こちらを見上げて下さいね。お見捨て申して行くなんて、のぼっていく空から落ちてしまいそうな気がします。

と、書かれていました。

天人の一人が、持たされている箱がありました。そこには天の羽衣が入っていました。また、べつの天人の持つもう一つの箱には、不死の薬が入っていました。一人の天人が言います。

「壺のお薬をおのみになって下さい。穢れた地上の物を召し上がっていらしたのですから、さぞご気分がお悪いことでしょう」

その天人が薬を持って近づいたので、かぐや姫はごくわずかだけ舐《な》め、すこし形見にと考えて、脱いだ着物に包もうとしたのですが、そばにいた天人に止められてしまいました。かわりに天の羽衣をだして着せようとします。そのときかぐや姫は、

「すこしお待ちなさい」

と言いました。

「羽衣を着せられてしまうと、心が人のそれではなく天人のそれになるといいますからね、その前に、ひとこと言い置くべきことがありました」

そう言って、手紙を書きました。天人は、「遅い」と待ちどおしそうでしたが、かぐや姫は、「そんな情《なさけ》知らずなことを言わないで」と言って、大変静かに、帝にお手紙を書かれました。落着いたご様子だったといいます。

こうしてたくさんの人をお遣わしになり、私を止めて下さろうとなさい

ましたが、拒むことを許さぬ迎えが参りました。連れられて帰るいま、私は心残りで悲しいです。宮仕えをいたしませんでしたのも、こういう厄介な身の上だからだったのです。わけのわからぬことを言う娘だと、お思いだったことでしょう。あんなに頑固にお断りした私を、無礼だと思いつづけていらっしゃるだろうと思うと、いたたまれません。

そして、歌を添えました。

　今はとて天の羽衣着るおりぞ
　　君をあはれと思ひいでける

(もうこれまでです。羽衣を着ようと思います。けれどこの期におよんでも、あなたがいとおしく思われてなりません)

この手紙と歌に、不死の薬を添え、頭中将《とうのちゅうじょう》——高野大国——を呼んで帝にことづけました。中将には、天人を介して渡しました。中将が受けとると、天人はかぐや姫に、すばやく羽衣を着せかけます。それで、姫のなかにあった翁への感謝も同情も消えてしまいました。この羽衣を着た人は、一切の物思いから解放されてしまうので、姫は飛ぶ車に乗り、百人ばかりの天人を従えて、空に昇っていったのです。

十　ふじの山（むすび）

その後、翁《おきな》も妻も血涙をしぼって嘆き悲しみましたが、どうしようもありませんでした。姫の残したあの手紙を読んで聞かせても、

「何のために命が惜しいというのだろう、誰のために。放っておいてくれ」

と言って、起き上がることさえせず、病気になって薬ものまず、ふせっていました。

中将は武官たちと共に宮中に帰り、戦ってかぐや姫をひきとめることができなかったことについて、くわしく報告します。薬の壺に姫の手紙を添えて、帝《みかど》にさしあげました。帝はひろげてご覧になり、胸がいっぱいになってしまって、物も召し上がりません。遊興も一切なさいません。大臣や上達部《かんだちめ》をお呼びになって、

「どの山が天にいちばん近いか」

と、訊《き》いてまわらせました。ある人が、

「静岡にあるという山が、この都からも近く、天にいちばん近いです」
と進言しましたので、帝は歌を詠《よ》みました。
逢ふこともなみだに浮かぶわが身には
　死なぬ薬もなににかはせむ
（もう二度とあなたに会うこともなく、なみだの海に浮かんでいるような私にとって、不死の薬など何の意味がありましょう）
かぐや姫にもらった不死の薬にその歌を添え、壺もろとも使者に持たせます。勅使には、調石笠《つきのいわかさ》という人を指名して、静岡にあるという山の頂まで運んでいくよう、お言いつけになりました。そこに着いたらどうすべきかも、きちんと御指示なさいます。手紙と不死の薬の壺を、ならべて火をつけて燃やせ、と。
その命を受けた調石笠が、武士を大勢ひきつれて山に登ったことから、その山を「ふじの山」、士《つわもの》に富む山にして不死の山、と、名づけたのです。このときに物をならべて焼いた煙は、いまも雲のなかにたちのぼっているということです。

あとがき

　立原位貫さんの版画を、はじめて見たのは四年前のことです。「竹取物語」に材をとった連作でした。その甘みのなさと色の鮮やかさに、目をうばわれたことを憶えています。あるお宅の、広々とした畳敷きのお部屋でのことです。一枚ずつ薄紙におおわれたその雅な絵は、私をたちまち物語の時空間に誘いこみました。それは、子供のころ、桐の箱から一体ずつ、薄紙にくるまれた雛人形をとりだすときの、息をつめて見入ってしまう気持ちに似ていました。私の知らない時代や場所を、この物言わぬ人形たちはたしかに知っているのだ。そう思えたものです。物言わぬ絵たちの語る物語を、言葉にできたらどうなるのだろう。それが、この本の出発点でした。

　立原さんの絵の、端正さに添う文章にしたいと思いました。

　成立年、作者共に未詳の「竹取物語」ですが、日本最古の物語文学だろうと言われるだけあって、手元の資料（『最新国語便覧』浜島書店）によれば九一〇年以前に成立とされています。これほどながいあいだ読み継がれ、語り継がれ、書き継がれてもきたこの物語の、斬新さとビビッドさ、語り口のシンプルさ、サービス精神には驚かされます。でてくる人々がみんないきいきと描かれ、ときどき可笑《おか》しく、でも帝《みかど》とかぐや姫の交流に関して言えば見事に悲恋で、実に行き届いた娯楽性があるのです。
　誰が書いたのかもわからないこのお話のおもしろさが、立原さんの絵の持つ風雅さと共に、頁《ページ》からこぼれて伝わる一冊に、なっていることを願って。

江國香織

二〇〇八年 七月

「竹取物語」は、室町時代にさかのぼる伝本がある他は、すべて近世に入ってから書写されたものであり、それらの伝本の異同を慎重に比較検討して、平安時代の本文に近づけていく研究がなされている。
本書の文章はそうした研究から編修された左記の二冊に基づいて書かれたものである。
『新潮日本古典集成　竹取物語』（新潮社）
『日本古典文學大系　竹取物語・伊勢物語・大和物語』（岩波書店）
絵巻の言葉の引用は『新潮日本古典集成　竹取物語』（新潮社）による。

竹取物語《たけとりものがたり》

発行 二〇〇八年 八 月二五日
六 刷 二〇二三年一一月一〇日

著 者 文・江國香織《えくに かおり》
画・立原位貫《たちはら いぬき》

発行者 佐藤隆信
発行所 株式会社新潮社
〒一六二-八七一一 東京都新宿区矢来町七一
電話 編集部 〇三-三二六六-五六一一
読者係 〇三-三二六六-五一一一
http://www.shinchosha.co.jp

印刷所 NISSHA株式会社
製本所 大口製本印刷株式会社

編 集 松田素子
協 力 増田喜昭
題 字 立原位貫
プリンティング・ディレクター
中江一夫（NISSHA）
ブック・デザイン 新潮社装幀室

ISBN 978-4-10-380808-4 C0093